머물다

JE VAIS RESTER

KB191512

기술적 조언을 아끼지 않은 엘리자베스 누나에게
─루이스 트론헤임

이 작품을 쓰는 데 영감을 준 후안 마르케즈 이메네즈, 로리안느 라므리, 루 웡,
사진을 제공해 준 부아이 웡,
잊지 못할 도움을 준 친절한 LC에게
─위베르 슈비야르

머물다

JE VAIS RESTER

루이스 트론헤임 글 | 위베르 슈비야르 그림
이지수 옮김

아냐, 여기엔 '오후 2시 이전에는 출입이 안 됩니다.' 라고 쓰여 있어.

여기에 주차하자.

좀 걸으면서 기다리자고.

짐은 이게 다야?

멀리 온 것도 아닌데.

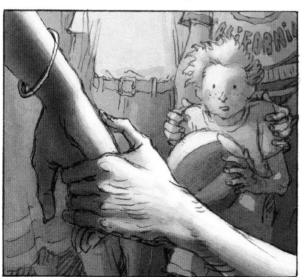

제 말 이해하셨습니까?

부주의로 인한 사망 사고였어요.

간판 소유주를 신문할 겁니다.
시체는 수습해서 법의학 부서로 인계할 거고요.

검사가 부검 신청을 하지 않을 수도 있습니다.
48시간 안에 부검 여부가 결정될 거예요.

시신을 어떻게 처리할지에 대해
당신에게 보고서를 전달할 겁니다.

마르탱! 전화야!

뭐?

피해자 주머니에 있던 휴대폰 말이야.
전화가 왔어.

아마 중요한 전화일 거예요.

받아야 돼요.

그이 집에서 걸려 온 거예요.

여보세요?

네.

네.

네, 도착했어요.

잘 도착했어요.

날씨가 좋네요.

안녕하세요.
이번 주에 묵으려고
롤랑 모튀레 씨 이름으로
예약했는데요.

어서 와요!

…보자, 21호실이군요. 날 따라와요.

짐은 없어요?

네, 전부 차 안에 있어요.

15

네, 엄마.

음… 아뇨…

아니에요.

보고서가 나오는 대로 시신은 샤토루로 옮겨질 거예요.

아니요, 이번 주는
여기에 있으려고요.

됐어요.
신경 안 쓰셔도 돼요.

*통가의 수도.

**브루나이의 수도.

바레인?

마나마.*

강적이군, 파코.

브래드 피트처럼 잘생기진 못해도,
기억력 하나는 끝내주지.

그 동네가 어디 달려 있는지도 다 아는 거야?

그럼.

원한다면 내일도 해 보자고.

하느님이 철판으로
내 목을 날리지만
않는다면 말이야.

사장님, 여기 빈 병 하나만 주쇼.

벌써 화장실 앞에 갖다 뒀어, 파코.

*바레인의 수도.

24

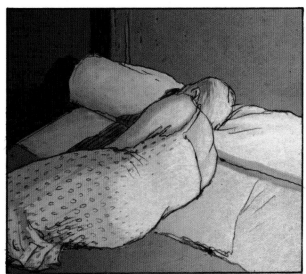

크루아상 하나 더 주시겠어요?

바로 드릴게요, 부인.

안녕하세요.

투우는 재밌었어요?

음…

그런 건 처음 봤어요.

당신도 알겠지만, 바닷가로 휴가를 오는 목적은
무엇보다 행복한 추억을 만들기 위해서죠.

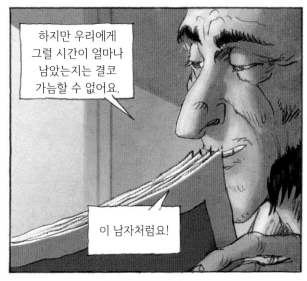

하지만 우리에게
그럴 시간이 얼마나
남았는지는 결코
가늠할 수 없어요.

이 남자처럼요!

내 순경 친구가 어제 말해 줬는데,
처음엔 안 믿었어요.

이 사람은 바닷가를 산책하다가 그만 딱!
간판에 맞아 머리가 날아갔어요.

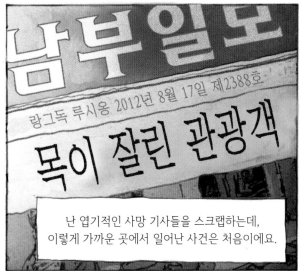

난 엽기적인 사망 기사들을 스크랩하는데,
이렇게 가까운 곳에서 일어난 사건은 처음이에요.

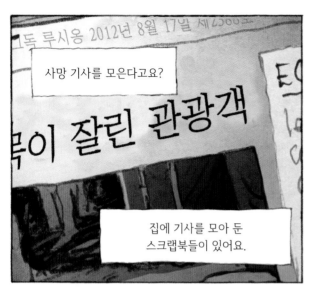

사망 기사를 모은다고요?

루이 잘린 관광객

집에 기사를 모아 둔
스크랩북들이 있어요.

죽은 사람들 얘기가 한가득 있죠.
구멍 난 팬티 모아 두듯이요.

CRUSTACÉS

그나마 이번 건
순식간이었어요.

자기가 죽은 줄도
몰랐을걸요.

그런 게 좋아요?

나라고 누가 죽길
기다리는 건 아니에요.

하지만 상상이나 해 봤어요?
길을 걷다가 퍽! 머리가 잘리다니.

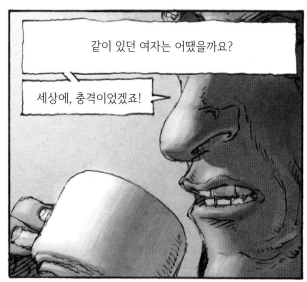

같이 있던 여자는 어땠을까요?

세상에, 충격이었겠죠!

인생이란 게 참…

아무튼 오늘 또 투우 보러 갈 거예요?

아뇨, 전…   약혼자랑 만나기로 했어요.

아, 약혼자, 좋죠.
긴 여정 끝에 만난 벤치 같겠군요. 부러워라.

좋은 사람이길 바라요, 음…

우린… 우린 같이 살면서 아이도 가질 생각이에요.

어라.
그다지 확신 있는
목소린 아니군요.

하아.

결정은 온전히 당신 몫이에요.

마음이 이끄는 대로 해요!

안녕하세요,
파비엔느 모튀레 부인이신가요?

아뇨, 파비엔느
기에르댕이에요.

아... 음, 네!

검사실입니다.

롤랑 모튀레 씨 사망 사건의 수사 종료서를
발송해 드렸습니다.

원하신다면 시신 인계 절차를 밟으실 수 있습니다.

네.

고맙습니다.

초록색 돌로 된
이 목걸이는 얼마죠?

125유로
예요.

아.

그렇군요.

감사합니다.

좀 깎아 드릴 수도 있어요.

저기요!

부인!

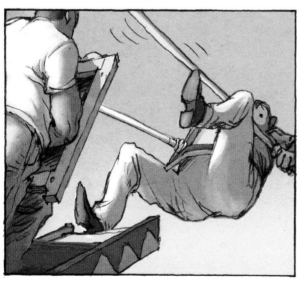

여보세요?

여보세요.
음, 파비엔느?

네.

알랭이에요. 롤랑 동생.

형네 집에서
만난 적 있죠?
…거의
2년만이네요.

네.

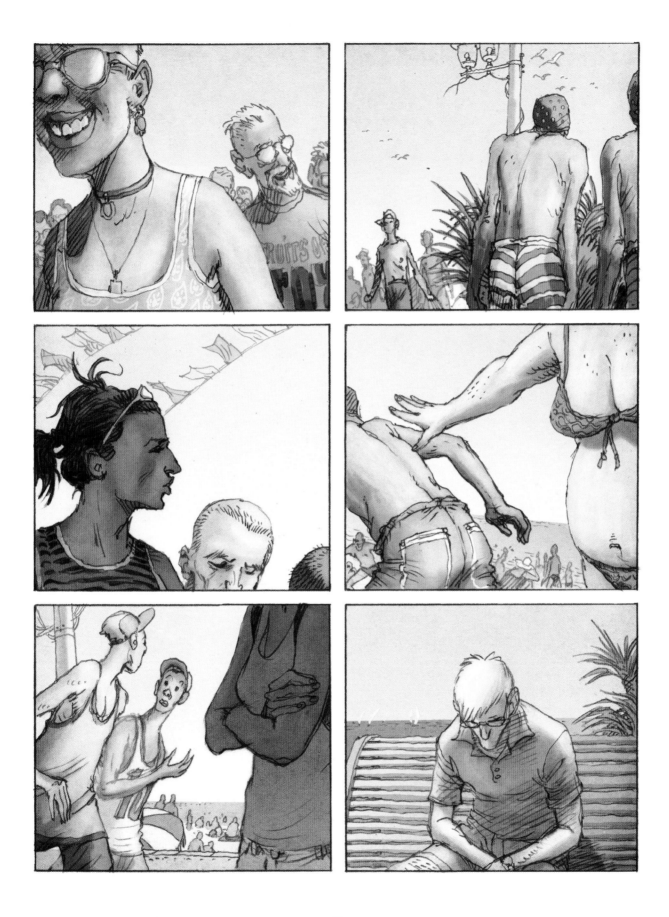

위이이잉-

말할 기분이 아니에요.
미안해요.

사장님, 안녕하세요!

안녕, 파코.

안녕하세요.

안녕하세요.

당신 따라서 온 거 아니에요.

이 건물에 묵고 있거든요.

괜찮은 숙소죠. 무탱 씨는 천사예요.

그럼,
좋은 밤 보내요.

내가 도울 수 있는 게 있다면
언제든 연락 주세요.
－알랭

우리 집 뒤뜰에서 샐러드 만들려고 하는데
혹시 괜찮으면 올래요?

케밥 같은 것보단 나을 거예요.

유혹하는 거 아니에요.

내 아내는 오늘 몽펠리에에 갔어요.
옛날 친구들이랑 놀고 온다면서.

잠시만요.

왈 왈!

있죠, 그 녀석한테
그런 나쁜 거 주면 안 돼요.
살찌는 거.

신경 꺼요.

음...

저 개는 8년 동안 나한테 짖어 댔어요.
매일 밤낮으로요.

개니까 그렇죠.

짖으려고 태어난걸요.

난 인간인데, 그럼 난 뭐 하려고 태어난 거죠?

아...

음...

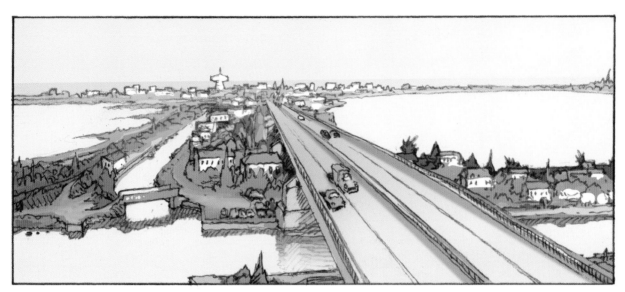

저건 뭐예요?

제4운하예요.

론 운하가 레 운하와 교차하는 곳이죠.

조금만 더 가면 우리 집이에요.

이상한 곳에 사네요.
이상한 사람답게.

여기예요.

저 보트 당신 보트예요?

아니에요. 버려진 바지선이죠.

그래요?

올라가 볼 수 있어요?

떨어지지는 말아요.
그럼 샐러드고 뭐고 없어요.

다 됐어요.

도망치고 싶어요?

고민거리가 있든가?

음, 당신 요리?

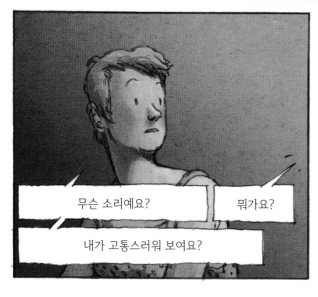

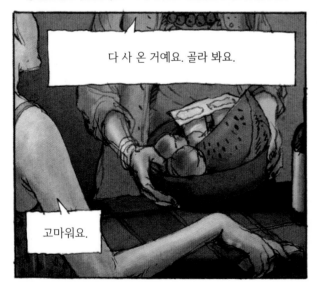

여행을 많이 다녔나 봐요.

아뇨. 바보 같은 사망 사건이 일어난 곳들이에요.

그런 기사들을 모은 노트가 27권이나 되죠.

봐요.

어디 보자. 1990년, 콜마르…

비행기 조종사가 버튼을 잘못 눌러서 착륙해 있던 상태로 튕겨 나갔어요. 사망했죠.

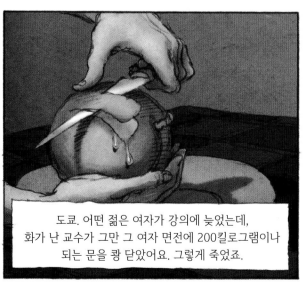

도쿄. 어떤 젊은 여자가 강의에 늦었는데, 화가 난 교수가 그만 그 여자 면전에 200킬로그램이나 되는 문을 쾅 닫았어요. 그렇게 죽었죠.

타른에가론.* 한 농부가 거름 구덩이를 청소하다가 빠져서 질식사. 그의 부인과 친구들이 그를 구하려다 함께 사망.

*프랑스 남서부의 주.

퓌드돔.* 오토바이 레이서가 지지대를 접는 걸 깜빡해서 첫 턴 지점에서 튕겨 나감. 사망.

플로리다. 몇 년째 복권을 사 온 남자가 마침내 360만 달러에 당첨. 당첨 숫자를 확인한 순간 심장 마비로 사망.

그런 기사에 희열을 느껴요?

껍질을 먹어야죠. 껍질이 제일 맛있는데.

다른 사람의 불행이 즐겁나요?

아뇨, 전혀.

그저 자연의 이치죠, 죽는다는 건…

손 좀 씻어야겠어요.

돌아가야겠네요.

*프랑스 중부의 주.

롤랑의 시신은 샤토루로 옮길 거예요. 잘 지내요.
—알랭

이 머저리...

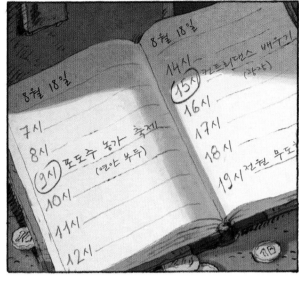

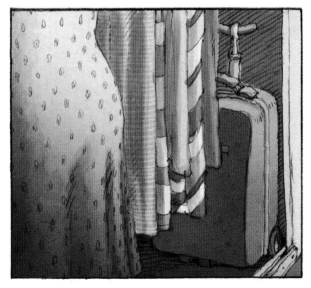

안녕하세요. 무슨 일로 오셨어요?

음, 안녕하세요.

이 집 가방을 맡기고 싶어서요.
이건 롤랑... 머리가 잘린 남자분 건데요.

그 사람 동생이 오전에 시신을 찾으러
여기 올 거예요.

오, 네... 롤랑 모튀레 씨.

동생 알랭 씨에게 인계됐네요.

이미 다녀가셨어요.
시신도 옮겨졌고요.

아...

관광객 필수 코스 어딘가에
당신이 있으리라 생각했어요.

약혼자는
한잔하러 갔나요?

그는, 음…

더 이상
여기 없군요,
그렇죠?

당신 안색이 슬퍼졌을 때
눈치챘어요.

그럼, 아내와 내가 내일 마글론 성당에 데려다줄게요.

아침 10시에 당신 숙소 앞에서 봐요.

오늘은 멍멍이한테 오줌 안 뒤집어씌울게요.

당신은?

난 서빙을 해요.

바에서.

여기 올 생각은 없었어요.

그이가 끌고 왔죠.

어릴 때부터 휴가차 자주 왔었대요.

전 사람들이 저한테 설설 기는 거 질색이에요.

사장님, 제 이름으로 달아 놔요.

자, 이제 갑시다.

클럽 메드 같은 델 데려갔어야 하는데. 뷔페가 끝내주죠.

어떻게 알죠? 당신은 클럽 메드랑 전혀 안 어울리는데.

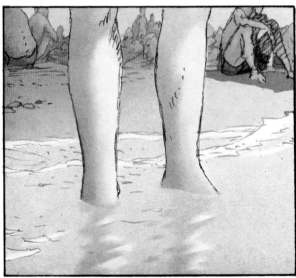

여기서 멀어요?

해변 끝에 있어요.

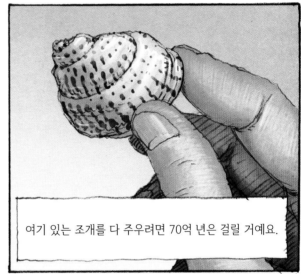

여기 있는 조개를 다 주우려면 70억 년은 걸릴 거예요.

그때쯤이면 당신이 싸 온
간식들이 다 상하겠죠?

집에 갈래요.

그게 낫겠어요.

엥?

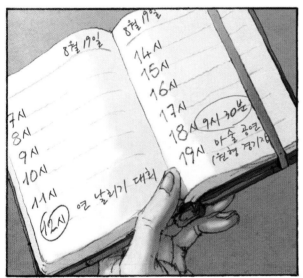

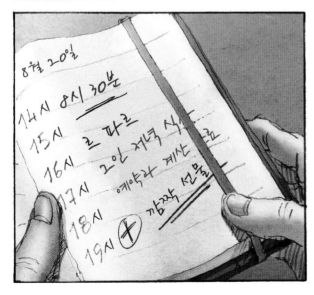
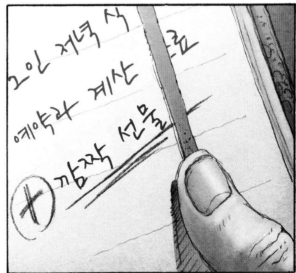

장례식이 곧 끝나요.
묘지 B열 43번.
우정을 담아.
—알랭

아무튼, 그는 위로할 줄도 모르면서
한 관광객과 피크닉을 가겠다고 나갔어요.

하… 추파 던지러 간 게 아니고요?

아뇨, 사실 오늘 오후 내내
그 여자 이야기를 들려줬는데 나까지 우울하더군요.

농담이 아니고요.

그 여자 남편이 해변에서
목이 날아간 그 남자라고
하더라고요.

들으셨죠?
얼마 전에 바람 때문에.

네, 네.

그러니 당신도
그가 추파나
던지러 간 게
아니란 거
아시겠죠?

진짜 좋은 사람이네요. 그 남자.

뭐, 얼굴까지 조지 클루니 같진 않지만…

이것들은 뭐예요?

가네샤와 시바예요. 시바는 파괴의 신이죠.
가네샤는 지혜의 신이고요.

둘 다 주세요.

그러니까, 데이트 신청 아니에요.

남자 친구가 마지막 날 저녁 식사를
예약해 놨더라고요.

계산도 이미 했고요.
각 코스에 맞는 와인들에 깜짝 메뉴까지.

그게 뭐예요?

등대에서 먹는
관광객 메뉴요?

맞아요.

펭귄처럼 쫙 빼입지 않아도
된다면야.

그래요, 그럼.

8시 반?

알겠어요.

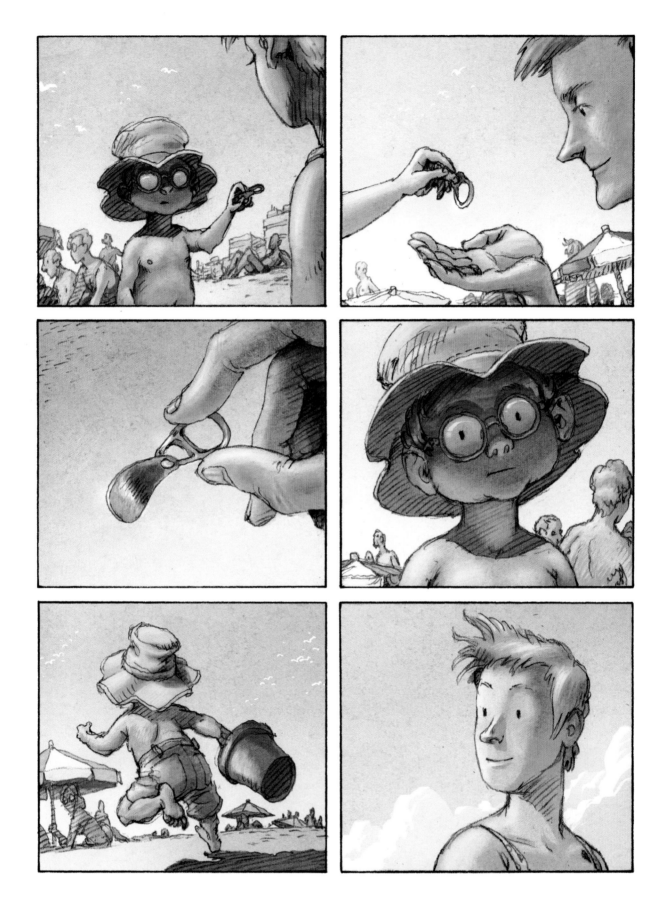

안녕하세요.
레스토랑에 가려고 하는데요.

엘리베이터 이용료는
2유로입니다.

뭐요?
들어가는 데도
돈을 내요?

엘리베이터로
올라가셔야 하니까요.

2유로 낸 게 그렇게 못마땅해요?

더 최악인 건
날 관광객으로
봤다는 거예요!

난 그놈이 수프 떠먹는 법을 배울 때 쓰던
숟가락이 만들어지기도 전부터 여기 살았다고요.

우린 모두 누군가에게 관광객일 뿐이에요.

건배! 어쩌다 마주쳤고, 앞으로 결코 볼 일 없는 두 이방인을 위해.

그런 사람들이 한둘인가.

난 당신을 위해 건배했어요. 당신은 그렇게 버려져선 안 될 사람이에요.

누구 때문에 생전 처음 2유로나 내고 엘리베이터를 타게 됐지만.

힘들진… 않나요? 그 사람과 함께 살면서 아이도 가지려 했잖아요.

음…

저기 카지노예요?

맞아요.

저기도 가 볼 수 있었는데.

도박꾼이에요?

아뇨…

그냥 궁금해서요.

나도 여태껏 못 가 봤어요.

로또도 사 본 적 없고요.

즉석 복권조차도.

인도에는 행운의 신도 있지 않아요?

가네샤요. 행운을 가져다주죠.

으음,
나쁘지 않았어요.

또 올 정도는
아니고.

?

어… 잠시만요.

주문 제작 케이크 예약하셨죠?

마음에 드시나요?

음.

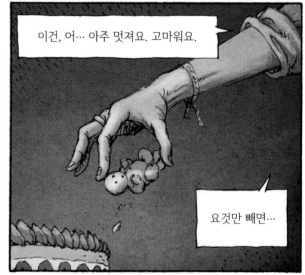

이건, 어... 아주 멋져요. 고마워요.

요것만 빼면...

숙소로 안 돌아가요?

케밥 먼저 사고요.

?

나는 배불러요.

나도 그래요.

잘 있어요, 파코.

안녕.

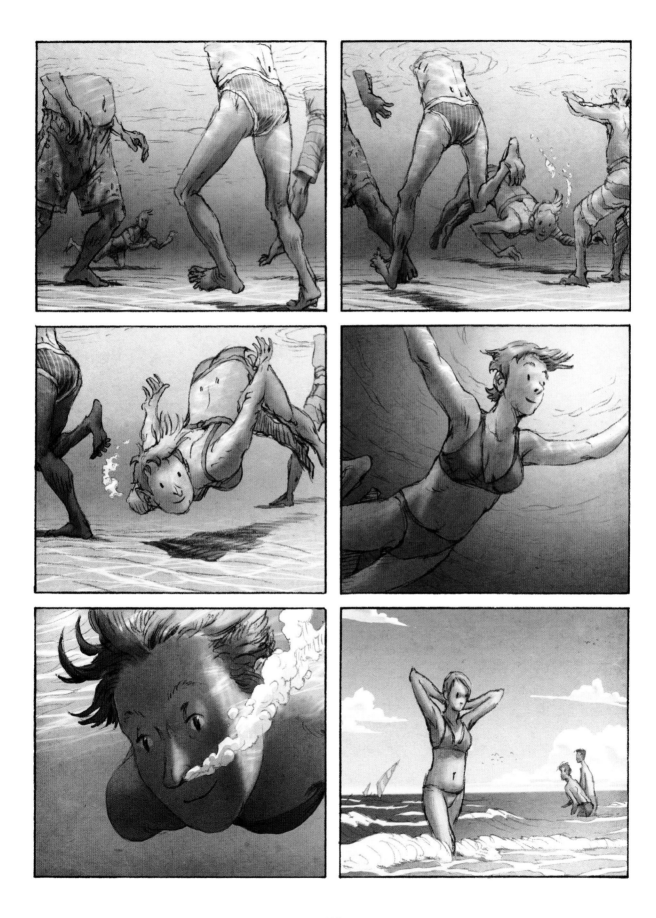

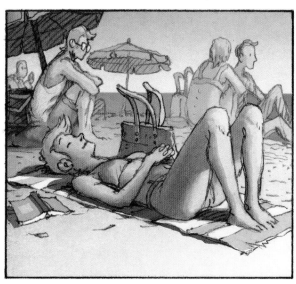 

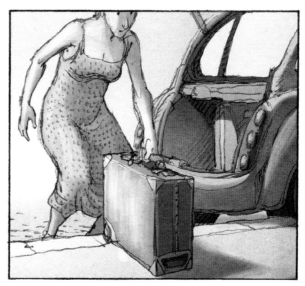

루이스 트론헤임 1964년 프랑스 퐁텐블로에서 태어났다. 만화 출판사 '라소시아시옹'를 공동 설립하여 다양한 만화가들과 함께 일했다. 만화에 대한 공로로 '앙굴렘 국제 만화 페스티벌'에서 그랑프리 상을 수상했으며, 자전적 만화에서부터 판타지 모험까지 다양한 장르를 넘나들고 독특한 상상력을 한껏 발휘하는 수많은 작품을 선보이고 있다. 지은 작품으로는 『못 말리는 종이괴물』『맥코니의 놀라운 모험』『머물다』 등이 있다.

위베르 슈비야르 1962년 프랑스 앙제에서 태어나 일찍이 만화에 대한 열정으로 미술 학교를 졸업했다. 만화 뿐 아니라 애니메이션 영화 제작과 게임 개발에 예술 감독으로도 참여하며, 다양한 예술 활동을 펼치고 있다. 지은 작품으로는 〈진흙 속 다리〉 시리즈, 『머물다』 등이 있다.

이지수 숙명여대에서 프랑스어를 전공하고, 2009년 서울시 '해치 창작 동화' 공모전과 2011년 환경부 '나무로 만든 동화' 공모전에 동화가 당선되어 작품 활동을 시작했다. 창작과 번역을 함께 하고 있으며, 지은 책으로『이회영, 전 재산을 바쳐 독립군을 키우다』『쥐구멍에 숨고 싶은 날』, 옮긴 책으로 그림책『그레타 툰베리, 세상을 바꾸다』『길고양이도 집이 필요해!』, 그래픽노블『머물다』 등이 있다.

머물다 JE VAIS RESTER

펴낸날 초판 1쇄 2021년 7월 30일
지은이 루이스 트론헤임 | **그린이** 위베르 슈비야르 | **옮긴이** 이지수 | **펴낸이** 신형건
펴낸곳 (주)푸른책들 · 임프린트 에프 | **등록** 제321-2008-00155호
주소 서울특별시 서초구 양재천로7길 16 푸르니빌딩 (우)06754
전화 02-581-0334~5 | **팩스** 02-582-0648
이메일 prooni@prooni.com | **홈페이지** www.prooni.com
인스타그램 @proonibook | **블로그** blog.naver.com/proonibook
ISBN 978-89-6170-829-6 03860

Original title: JE VAIS RESTER Text by Lewis Trondheim and illustrations by Hubert Chevillard
© Rue de Sèvres, Paris, 2018
All rights reserved.
Korean translation copyright © 2021 by Prooni Books, Inc.
This Korean edition was published by Prooni Books, Inc. in 2021 by arrangement with Rue de Sèvres
through KCC(Korea Copyright Center Inc.), Seoul.
이 책은 (주)한국저작권센터(KCC)를 통한 저작권자와의 독점계약으로 (주)푸른책들에서 출간되었습니다.
저작권법에 의해 한국 내에서 보호를 받는 저작물이므로 무단전재와 복제를 금합니다.

＊잘못된 책은 구입한 곳에서 바꾸어 드립니다.

 Fall in book, Fan of literature. 에프는 종이책의 새로운 가치를 생각하는 푸른책들의 임프린트입니다.
  에프 블로그 blog.naver.com/f_books